고백

고백

김운용 시집

개미

2025년 대한민국장애인창작집필 선정 작품으로 김운용 『고백』, 복선숙 『문턱』, 한동심 『일기』가 선정되었습니다. 또, 학술로는 황의동 교수님의 『조선의 직사(直士), 사암(思庵) 박순(朴淳)』의 평전이 선정되었습니다.

그동안 장애·비장애 문화예술이 대전을 구심점으로 전국을 조망하는 작업이 없음에도 불구하고 대전광역시·대전문화재단·전문예술단체 〈장애인인식개선오늘〉의 노력이 많은 성과를 냈습니다. 중증장애인 문인 135명 선정, 93종 93,000권 발행을 하게 되었습니다. 이것은 단순히 수량과 수치가 아닌 대전광역시, (재)대전문화재단과 〈장애인인식개선오늘〉의 희생과 노고에 의해 지속성 답보라는 거대한 담론을 완성한 것입니다.

또, 시인들의 시를 50종 이상을 다양한 장르의 곡으로 작곡하였습니다. 그에 따른 성과로 대한민국 장애인문화예술 대상에서 전체 부문 최우수상 국무총리 표창 2회,

문학 부문 대상 문화체육관광부 장관 표창 2회, 공로 육성 부문의 헌법재판소장 표창 등의 정부표창의 해당 부처의 공적 검증도 이루어졌습니다. 그동안 세종도서 문학나눔 우수도서, 중소출판 제작지원 선정, 우수 출판콘텐츠 등에도 주기적으로 선정되었습니다. 이는 단체 운영의 지속가능성을 보여주는 대표적 성과입니다.

　이러한 노력이 장애인 창작지원, 출판, 공연, 음원 제작, 전국 확산 정책에 이르기까지의 여정으로 지역 문화 발전에 기여하고 장애인 인식개선 확산에 포용적 문화 기반의 효능감이 확산하기를 바랍니다.

2025년 12월
전문예술단체 〈장애인인식개선오늘〉
대표 **박재홍**

　발가락을 내어주고 곧추서는 연습을 하였습니다. 몸을 떼어내고 배우는 시(詩)가 눈물을 만듭니다. 그래도 설레는 마음을 가다듬어 고백하고 싶습니다.

2025년 12월
김운용

제2부

제5부

해설

제1부

설레임

토요일 수성못 역사(驛使)의 오후
그 사람은 모른다

어색하지 않는 표정과 감정이
그려지지 않기를

멀기에 다가서는 마음이
지금

기다리는데 행복하다

기대

엘리베이터를 타고 봄은
휠체어 등을 쓰다듬고
햇살에 졸린
바람의 표정을 마주한
두 사람

벗꽃 날리는데

지금

느낀다는 것은 기다림이다

좋다

아무것도 아니지만

행복하다

영원하기를 바라지 않는다

욕심 같아서

흩날리는 꽃잎

그와 걸어가는 길이 눈을 맞는 것 같다
꽃잎은 날리고 사람들은
무리지어 흐른다

그는 아무것도 모른다
아련하게
피어나는 나의 마음

월요일

아직 되새기는 주말을
아쉬워 하며
출근하는 길

어색하다

망설임

봄기차가
엇갈린다

훔쳐보는
마음이

사랑 앞에
머뭇
거린다

성처
받을까봐

못난
두려움

하늬바람이
분다

무심

어색한 눈길에
표정없이
지나치는
눈길

마음
한 켠이
주저 앉는다

비로소
편안해
졌다

두 사람

그냥

하루를 산을 넘는
서산의 해가

천천이도
걷는다

배려
하는
마음

물처럼
흘러가는
들려주지
못하는
속엣말이

더디게
닿을

것이다

당신 1

생각을 제한
한다

불규칙한 연상
작용

더 깊숙한
침투

중독된
마음이

사랑일 수
있을까

저절로

불을 끄고 나면
시간을

가늠할 수 없다
더 멀어진 거리

당신의 날숨에
눈물이 구른다

제2부

어색하다

그냥

아직 오지 않은 것 같은데

그 자리를 향해

가지 못하고

어려운 수학 공식 같은

공기

거리감

필요한 만큼의
피곤함

사람과 사람
사이의
어색함

언제 만날 수 있을까

배제

그 사람과의 거리는
내가
선택하지 않았다

하루만큼씩
멀어지고

더딘 바퀴가 굴러
좁히고 기대는
마음

우린 언제 만나는가

차별

잘린 발가락이 아프다

나는 그 사람과 어색해서
더 아프다

돌이키지 않는 시선

내가 조급해
질 수 없는
순간

통점에 일어나는
나를 향한
노여움

사라진 발가락 자리에서
느껴지는 무형의
발가락에 주저앉는다

거부감

눈길이 사라진 허공에
모르는 하루가 있다

기다리는 시간에
눈길이 더듬는
하루가

말할 수 없는
나에 대한
거부감

여전하다

뭘 할지를 생각하지 않고
그냥 주말이다

마음이 가지 않으니
몸은 종착역에
머문 기차 같다

아지랑이처럼
그녀의 눈길이
찾아온다면

그냥 주말보다는
전화를 걸고 있는
평일이고 싶은데

아직 여전하다

모른다

안다고 할 수도 없고

그렇다고

뭐라도 할 수 없는
하루를 살아간다

잠긴 가슴
저 밑을
연다는 것

생각만도
소중하다

힘들어

아직인 마음이

쉽게
다가설 수 없어

그 사람

늪처럼 깊디 깊어
헤어나올 수가
없고

나는
배회하며
여전하네

봄의 날

분노는 나의
힘이라는데

그것은
아닌 것 같다

하루가 멀다하고
물길이
향하는 곳은

변함없는
사시장철

그 사람

봄인데 아직
덤불을
덮고 누운

냉이뿌리 같은
향하는 마음

용기

바람이 향하는
곳으로
달려간다

바람은 차고
풀들은
아직
돋은 상태

그리워 하는
마음은
용기가 필요했다

제3부

제3부

부족

못 배워 서러운 것은 착각이었다
향하는 마음은 뜨거워
삼킬 때마다 타들어 가는 마음
물속에 잠긴
눈길에 서럽다

얼굴 1

말릴 수 없이 지나치는 시간
건네고 싶은 단어가
있는데

그 사람 얼굴보다 크게
다가서는 중증장애

천천히 흘러가게
두면 되겠지

잊혀지겠지?

얼굴 2

042

나만
그러는거 아니야
설레게 하는
너의 얼굴도
그래

순간 측은이었고
마지막 같은
행복감이었어

매일 향하는
일터에

네가 있어
행복했어

얼굴 3

마음이 먼저인지
몸이 먼저인지는
모르지만
조금 천천히

당신
아파하는 모습이
싫어서
휴가를 내고

하루를
금호강 가에서
산다

못난이

수축과 팽창은
미용에
안좋다는 것을
알았다

조금
멋있게 보이려고
장애를 감추고
할 수 없을
만큼의
커피를 사는데

손이 뜨겁다

떨어 뜨리지 않기 위해
마음은 견디고

살갗은 독도새우를

닮아갔다

어제

두 번째다 차를 타고
돌아오는 길

외부에서 사무실
복귀를 위해
장애인 콜택시를
타고 오던

그 30분이

우주의 기운에
중독되었다

생각하다

하루를 살아가는
동물성

당신에게
머문
생각에
하루치의
멍한
약기운

내일에 불안한
오늘의
중독성에
처방은 없다

운명

말하지 못하는
타들어가는
마음

차갑게 떠날까봐
조금 더
지켜보기로
했다

부끄러움

어느덧

내가 사는 이유가
되는 당신은

모른다

감히 사랑이라
말하지 못하는

참담하게
고백도 할 수 없는
용기

시간이 필요해

매주 가던 성당을
뒤로 하고
그녀가
마중하는
교회를 향했다

큰일 났다

제4부

기억

실수를 했다

잘못은 마음을
편치 않게
했다

미안하다

멀어지면
어떻하지

하루 종일

미안하다

그저

마음이 답답하다

일어나 휠체어를 타고
금호강 주변을
달린다

바라보기만 해도
살갗을 도려낸 듯
아프다

호기심이 가져다 준
저주 같다

그저 하루치의
시간을 처방받아
흐르고 있다

부담

집착인가 물었다

사실이면 현실은 저주인가
생각했다

다른 장애를 가진 이들은
나만 그런가

향한 마음이 몸을
일으켜 세웠다

조심하자
사랑도
존중이다

상상하다

같이 걸을 때가 있다

순간 망상과 상상으로
병증이 달라진다

4월은 잔인하고
발가락 통증은
깊어지지만

결혼을 꿈꾼다
할 수 있을까

냉정

뭐든 그렇지 뭐
할 때면

신기루처럼
흩어지는
하루

설레는게
다야

표정 없는
황새의
얼굴을
하고

아름다운 그녀

당신 앞에서는
말을 못해

통곡의 벽 앞에
기도처럼
머물다가

돌아서는 게
다야

당신 2

실체를 모르는 당신

그냥 이끌려
웃자란
떨리는
마음

어느덧
시목(詩木)이 되어
자라고

말 못한 고백은
별이 되어
부스러진다

말을 해야지

밥과 커피는
괜찮아
슬쩍
얘기도
건네고
시간을
보내는 거지

고백은
그
다음이지

안부

카톡으로 묻는다

몇 자 되지 않는
문자에

답이 없다

괜찮아

오늘은 여기까지

활동지원사가
문을 열고
들어선다

미소

오늘은 단호하게
결근이다

금호강가를 달린다

아메리카노 한 잔을
들고

그녀의 웃음 같은
바람을 가르고
내려놓은
마음에도
불구하고

사랑이라고 믿고 싶다

제5부

제5부

바라봄

자립생활센터를 향해 가는 날은
하루의 삶이 충만하다

소소하게 용돈도 벌고
감정을 감추고
한 사람을 향해
촉을 세우고

마음을 길러가는 것

전파되지 않은
마음의 진동이
점점
강해지고 있다

이제

설레는 마음이
약속으로
이어진다

약속은 두렵다

깊은 나의 우울에
어둔 사랑의
중심인 그녀를

내려놓게 된다

친구로 지낼까
우정으로

배려하며 즐기는
만찬도 좋은가

궁금

단숨에 이루어지는 것은
없다고 자책한다

하루를 살아도 나답게
건네는 감정도
유지하는 것이 중요해

돌아서면
궁금해
지는
너에게

나를 다독이며 견디고
있다

다음 주

그래 이 주를 보내야 오는
오늘 당신이
궁금해

나를 어떻게 생각하는지는
꿈도 꿀 수 없지만
멀다 아주 멀어

보고 싶어 달력을 보는데
대체 휴일이네

생각만 있고 용기는 없고
여행 가고 싶은데
그렇네

보고 싶다

사나이는 개뿔 눈도 마주보지 못하는데
돌아서면 떠오르고 출근해
살피고 조바심만 갖다가
실수만 하고

이제 점점 멀어지고 있다
소행성처럼 사랑이
추락하고 있다

오랜만

위로받고 싶어하는 대상에 대한
선택권이 있다면
복권처럼 사고 싶다

고백

　일상에서 설레이는 것이 몇 번이나 될까 남들이 말하는 데이트를 하고 싶은데 이제는 5월의 당신이 행복하길 바란다

　만날 때마다 반가운 꽃으로 서있거나 우직한 가을 모과처럼 매달린 나의 마음이 다시 태어나도 이러한 슬픈 이야기를 나눌 수 있을까

　그냥 하루를 당신을 만나고 이야기하며 웃고 볕 잘들고 바람 소슬한 강가에서 보내고 싶은 것이 욕심일까

　발가락이 아파온다

상처

생각이 많으면 금호강을 걷는다 아니 달린다 휠체어는 나의 몸이기도 하고 나와 다른 동물성을 가졌다 장애를 가지고 사랑한다는 것은 나에게 선택권이 없다 기차길처럼 나란히 어깨를 견주고 흘러가는 수밖에 없다 나에게 생각이나 용기가 없는 것이 아니다

사랑합니다

거절당해도 좋아 꼭꼭 눌러쓴 연필자국처럼 깊게 패인
나의 마음을 바라본다 당당하게 사랑하고 싶고 당당하게
차이고 싶지만 순간이 너무 두려워 가는 마음을 달래고
있다

거절

차일 것 같아서 말을 못하는 못난이 그래도 진심이 아
까우면 홀리는 말처럼 전하고 싶어 마음은 비장해지고
깊어지는 시간이 고통스러운데 이제 말하고 거절당할까
오늘도 출근 중이다

| 해설 |

김운용 시집
『고백』의 니힐리즘적 시학

박재홍 | 시인 · 문학마당 주간

김운용 시집 『고백』의 니힐리즘적 시학

박재홍 | 시인 · 문학마당 주간

1. 결핍 · 상처 · 사랑의 감정 구조에 스미는 니힐리즘

2025년 대한민국장애인창작집 발간의 공모에 선정된 김운용 시집 『고백』은 전반부의 설렘 · 기대 · 망설임에서 후반부로 갈수록 거리감 · 배제 · 거부감 · 상처 · 거절로 흐르는 감정적 추락의 추락적 구조를 가진다. 이는 읽는 독자에게 강하게 드러내는 특징은 '사랑의 고백'이라는 외양 속에 감춰진 존재의 허무, 자아의 균열, 타자와의 관계의 실패이다.

이는 단순한 연애 감정의 진폭이라기 보다 장애를 가진 한 주체가 세계와 타인을 향해 나아가는 과정에서 경험하는 본질적 무력감과 존재론적 결핍에서 오는 것도 있다. 이러한 점에서 결핍 · 상처 · 사랑의 감정 구조에 스미는 니힐리즘이라고 명명하였다.

특히 다음과 같은 표현은 시집 전체를 관통하는 니힐리즘적 세계관을 응축한다.

- "좋다 / 아무것도 아니지만 / 행복하다"
- "사라진 발가락 자리에서 느껴지는 무형의 발가락에 주저 앉는다"
- "그냥 하루치의 시간을 처방받아 흐르고 있다"
- "설레는 게 다야"
- "사랑이 추락하고 있다"

이러한 구절들은 자신의 장애를 포함한 세계 전체가 본질적으로 불완전하며, 사랑조차 존재의 공허를 메울 수 없는 상태임을 드러낸다. 우리가 보통 니힐리즘적 핵심 개념을 살펴보면 존재의 결핍과 '무(無)의 체험'을 살펴보면 내면에 자연적으로 발생하는 결핍, 가치의 기반이 사라진 자리, 의미를 붙잡을 수 없는 삶을 의미한다. 이는 니체적 관점이나 현대 실존주의 관점에서 니힐리즘의 개념이 엿보인다. 여기서 김운용 시집 『고백』의 시적 화자는 "사랑"이라는 이름을 붙이지만, 그 사랑조차 확고한 실체를 갖지 못함을 끊임없이 고백한다. 이것은 "나를 지탱하는 가치의 부재"라는 니힐리즘의 원형적 정서에 가깝다.

또, 관계에 있어 니힐리즘을 살펴볼 수 있는데 타인과의 접촉의 불가능성에 대한 전제가 있다. 이는 타인과 관계하려는 시도를 반복하지만 시인은 매번 도달 불가능성, 거리, 어색함, 거부감을 경험한다. 이는 "타인은 결코 완전히 내가 닿을 수 있는 대상이 아니다"라는 관계적 니힐리즘적 표출이다.

이러한 근거는 신체적 니힐리즘 즉 신체적 결핍이 자아 존재 전체를 규정한다고 생각하여 시집에서는 장애 경험이 지속적으로 다음과 같은 구절이 반복됨을 볼 수 있다. "잘린 발가락이 아프다", "장애를 감추고…커피를 사는데 손이 뜨겁다"라는 신체적 결핍이 단순한 상처가 아니라 존재 전체의 후퇴를 가져오는 자기인식을 보인다. 즉, 이러한 자기인식은 "사랑할 자격", "관계에 들어갈 용기"의 부재로 확대된다. 이는 니힐리즘이 몸과 연결되는 구조다.

2. 시집 『고백』의 니힐리즘적 층위의 분석

김운용 시집 『고백』은 총 제5부로 구성되어 있다. 제1

부에서는 제목과 달리 긍정보다 무의식적 허무가 강하게 흐른다. 이는 설렘의 순간에도 스며드는 '무(無)의 정동' 적 태도를 보인다. 예를 들어 "좋다/ 아무것도 아니지만/ 행복하다"라는 구절은 행복의 근거 부재를 스스로 고백한다. '좋다'는 반복하고 있지만 이유는 "아무것도 아니다"라고 하는 것을 보면 그의 심중을 짐작할 수 있다. 뿐만아니라 "영원하기를 바라지 않는다/욕심같아서"라고 수축되고 수줍은 "지속되지 않을 것"을 이미 내면화한 사랑 숨은 사랑 즉, 설렘조차 언제든 사라질 것이라는 전제 위에서만 가능하다. 애초에 존재가 텅 비어 있기 때문에 순간의 감정만이 유효하다.

또, 그의 시는 소수문학에 속하는 장애인 문학에서 보이는 '거리감·배제·차별'로 명명되는 개인적인 차별을 넘어 사회적 차별을 본격적인 허무의식으로 품고 있다. 이는 제2부에서 시인의 세계가 구조적으로 응답받지 못함을 드러낸다. 여기서 배제와 차별의 경험은 사회적 차별의 범주에 속하며 이는 장애 당사자에게 있어 존재의 부정을 의미한다. 이러한 존재의 부정을 의미한 시 구절로 "그 사람과의 거리는 내가 선택하지 않았다", "잘린 발가락이 아프다…나를 향한 노여움" 등을 들 수 있으며 자시느이 신체적 조건이 '거리'를 만들어낸다고 믿는 순간, 타자 관계는 이미 실패한 것이다.

이러한 관계의 무력감은 시간의 니힐리즘적 세계로 스며들고 그에게는 "모르는 하루가 있다"거나, "여전하다", "아직인 마음이…늪처럼 깊다"라고 하는 시간은 앞으로 나아가지 않고 정체·반복·침전을 거듭한다. 이러한 니힐리즘적 시간감각이 강하게 곳곳에서 출몰한다.

그의 제3부에서 자기 혐오와 자아 붕괴의 의식을 보이기도 한다. "향하는 마음은 뜨거워 삼킬 때마다 타들어가는 마음", "그 사람 얼굴보다 크게 다가서는 중증장애"라는 구절을 통해서 사랑하려는 마음보다 장애가 더 큰 실체로 부가된다. 이는 '사랑＝가능성', '장애＝불가능성'이라는 구조적 대립을 낳아 자신의 존재를 연애 관계에서 조차 무효화 한다. 특히, '못난이'라는 자기 소멸의 정서가 극에 달한다. "조금 멋있게 보이려고 장애를 감추고… 손이 뜨겁다", "살갗은 독도 새우를 닮아갔다"라는 자신을 꾸미려는 시도조차 고통과 상처로 귀결되는 세계, 존재의 근본적 불완전성이 시적 이미지로 구현된다.

김운용 시인은 제4부에서 시인의 '사랑'은 사실상 자기 처벌적 성향을 드러낸다. 사랑이 아닌 자기 폭로, 자기공격, 자기 무화의 층위가 강하게 나타난다. "그저 하루치의 시간을 처방받아 흐르고 있다"라며 삶이 치료가 아닌 ‘시간의 소진’으로 존재하는 허무를 보여준다. 또 “설레는게 다야”라며 모든 감정은 금세 휘발됨을 보여준다. 여기서 사랑은 더 이상 타자를 향한 감정이 아니라 자신으 계속 소모시키는 방식의 존재확인처럼 보인다.

제5부에서 그의 결말은 구원이 아닌 ‘거절’이라는 대전제의 니힐리즘적 귀결을 보여준다. 시집의 마지막은 사랑의 완성이나 희망이 아니라 거절이다. “사랑이 추락하고 있다”거나 “거절 당해도 좋아…그러나 순간이 너무 두려워”, “오늘도 출근 중이다”라며 거절은 곧 존재가 다시 무(無)로 회귀하는 순간이다. 하지만 마지막 문장은 허무 속에서 다시 일상으로 돌아간다는 매우 니힐리즘적 결말이다. 즉, 거절은 세계의 붕괴가 아니라 세계는 원래 의미가 없었음을 드러낸 사건으로 작동한다.

3. 시집 『고백』은 ‘장애와 사랑’의 시집이 아니라 ‘존재의 무화’에 대한 니힐리즘적 기록

김운용 시집 『고백』의 텍스트를 근거로 니힐리즘 즉, 존재론적 허무와 장애인문학의 사회적 배제가 어떻게 교차·상호강화되어 시적 세계를 구성하는지 분석하여 보았다. 구체적으로 신체적 결핍의 표상, 타자와의 관계 양

상(배제, 거부감) 등의 경험이 삶의 시간속에서 경험되어져 침체적이고 자기 비가치화가 어떻게 니힐리즘적 정서를 생성하는지 살펴보았다. 장애를 단순한 배경이 아닌 시적 존재론의 핵심 축으로 읽어내며 이 텍스트가 현대 한구시에서 존재론적 고백으로서 갖는 의미를 제시하였다.

그의 시세계를 통해 표면적으로는 '사랑의 설렘과 고백'을 다루지만 반복되는 신체이미지(발가락, 휠체어, 살갗 등)를 통해 사회적 배제·차별에 대한 '시간의 처방'의 서사를 통해 서술은 단일 정서의 진술을 넘어 존재의 허무를 드러낸다. 그렇다면 이 시집을 통해 드러나는 '장애 경험'이 어떻게 니힐리즘적 정서를 생산했는지 확인할 수 있었다. 또, 신체·관계·시간이라는 세축에서 니힐리즘과 장애 담론은 어떤 방식으로 교차되었는지 잘 보여주었다. 마지막으로 텍스트는 한국사회 內 '타자화' 구조를 어떻게 반영·비판해야 하는가'에 대한 화두를 제시하였다.

그의 시를 읽어내려고 했던 실존주의 전통에서 니힐리즘은 '가치의 붕괴'이자 '의미의 소멸'로 기술된다. 니힐리즘의 문학적 변용은 문학적 맥락을 동시에 읽어내는 교차적 관점을 책택하는데 있어 힘들었다. 특히, 시인의 장애 당사자로서 관점으로 장애문학에서 다루는 신체를 단순한 배경이 아닌 사회적·정체성적 축으로 몸을 바라보는 관점이 주는 스스로 사랑에 대한 개인적 내부적 고백과 사회적(시선, 차별) 시선을 동시에 읽어내는 교차적 관점을 통해 이해하려 노력하였다.

최근 중증장애를 갖고 있음에도 불구하고 합병증으로 인하여 그는 발가락을 절단하였다. 시집에서의 신체의 결손성을 반복적으로 언급한다. "잘린 발가락이 아프다"라고 하며 "사라진 발가락 자리에서 느껴지는 무형의 발가락에 주저 앉는다" 같은 표현은 신체적 결핍이 단지 육체적 고통이 아님을 보여준다. 이 신체적 '결핍 흔적'은 존재의 흔적 부재를 의미하며, 시적 주체의 자아감이 지속적으로 무효화 되는 과정을 보여준다.

신체가 '다름'으로서 타자화될 때, 그것은 곧 존재의 정당성에 대한 질문으로 확대된다. 예컨대 휠체어가 "나의 몸이기도 하고 나와 다른 동물성"이라고 명명되는 순간, 신체는 이중적 지위를 얻는다. 하나는 생리적 장치, 사회적 표지등이다. 이러한 이중성은 시인의 존재가 자신과 사회 사이에서 지속적 탈구(脫構)됨을 보여준다.

그의 시집 전반에 걸쳐 '타자와의 거리'가 핵심 모티프로 제한한다면 "그 사람과의 거리는 내가 선택하지 않았다"라는 구절은 개인의 의지로 관계가 성립되지 않음을 말한다. 이는 사회적 장벽과 타자의 시선의 규정인 것이다. 이러한 관계적 실패는 니힐리즘적 단절로 이어졌고 사랑의 설렘은 순간적으로 일어날 뿐, 지속되거나 확증 될 수 없다. 이를 시인은 "좋다/ 아무것도 아니지만/ 행복하다"라는 스스로가 근거없는 즐거움을 인정한다. 우리는 이를 잠정적 가치로 넘길 수 있다.

다음은 시간성이다. 시인은 시간을 '처방받는 것'으로 묘사한다. "그저 하루치의 시간을 처방받아 흐르고 있다"라는 표현은 시간이 치료가 아니라 소모이자 규격화된 일상임을 시사한다. 이런 시간의 정지는 니힐리즘의 핵심 징후다. 미래의 약속(영원성·성취)은 불가능한 가정이며, 현재는 반복과 정체만을 준다. 사랑의 순간조차 "영원하기를 바라지 않는다"처럼 미리 비-영속으로 규정한다.

이 시집 『고백』으로 명명한 것은 짐작하기를 말하기의 실패와 침묵의 윤리 즉 언어·고백성에 근거하고 있다. 이는 시집 제목이자 핵심 행위인 '고백'은 반복되지만 실제 고백은 자주 미완으로 남는다.("고백은 그 다음이지") 언어는 위로가 되지 못하고 오히려 자기 고백이 자신을 더 상처를 낸다. 이로써 말하기 자체가 니힐리즘적 실

천-의미 복구의 실패-등으로 드러난다. 이보다 처절한 자기 고백이 있을까 싶었다.

감정의 정치함이 깊어 수치·부끄러움·자기비하에 이른 시어들도 있었다. '부끄러운', '못난이' 같은 자명한 용어들도 반복된다. 감정은 개인 내부의 문제가 아니라 사회적 시선의 산물임을 드러내도록 확장되었다. "부끄러움… 내가 사는 이유가 되는 당신은 모른다"에 이르는 사랑의 윤리와 자기수치의 교차를 노출하며 스스로에 처연해 지는 순간을 맞는다.

이렇듯 그의 시세계를 살펴보며 확인된 장애가 텍스트 내부에서 니힐리즘을 증폭시키는 장치로 작동한다는 점을 확인했다. 신체적 결핍이나 존재적 결핍이 동일시 되며 신체 상실·통증이 자기 정체성의 붕괴로 이행된다는 것(발가락 이미지), 사회적 배제와 관계성이 의미의 붕괴될 때 타자의 부재·시선의 회피는 관계적 의미를 소거한다.("눈길이 사라진 허공"), 언어의 무능은 곧 가치의 붕괴를 가져온다. 고백이 반복되지만 실현되지 않음으로써 '말'의 가치가 저하된다. 즉, "고백은 그 다음이지" / "말을 해야지… 고백은 그 다음" 등을 살펴볼 때 결과적으로 텍스트는 개인의 내적 허무와 사회적 타자화가 상호작용하여 더욱 심화된 니힐리즘적 정황을 만들어 낸다.

이는 단순한 우울 서정이 아니라 구조적·존재론적 문제 제기로 읽혀야 하기 때문이다.

그의 시세계는 사회·문학적 함의를 요구한다. '장애의 문학화는 정치적'이라고 전제할 때 시는 개인적 감정의 고백을 넘어 장애인의 사회적 지위와 관계의 조건을 질문을 던진다. '니힐리즘의 표현으로서의 장애문학'의 입장은 장애 경험은 '가치 붕괴'를 체감케 하는 실존적 증거로 기능할 수 있는데 김운용은 텍스트를 통해 이를 직시한다. 마지막으로 '문학비평의 확장'적 측면에서 보면 한국 현대시 비평은 장애를 형식·미학·정치의 교차점에서 재해석할 필요가 있다는 점이다. 그의 대외적 활동을 보면 '전국장애인차별철폐운동' 단체의 활동가로 운동성을 가지고 치열하게 살고 있기 때문이다.

김운용의 시집 『고백』은 사랑 서사의 외피 아래 존재론적 허무와 사회적 배제의 교차를 기록한 세계관을 담았다. 여기서 장애는 단순한 소재가 아니며, 시 전체의 의미구조(시간·언어·관계)를 규정하는 핵심 축이다. 이러한 창작적 관점의 노력은 추후 동일한 주제(장애·사랑)을 다룬 동시대 텍스트들과 비교문학적 확장이 필요하고, 장애문학을 니힐리즘과 연결하는 이론적 모델화 즉, 철학, 문학, 장애학의 통섭의 과정을 담는 담론적 성격이 필요하다. 한가지 더 얹자면 독자 반응 연구(장애 독자와 비장애 독자의 수용 차이)의 확장성이 필요하다. 모쪼록 이번 시집이 정신적 육체적 결핍이 가져온 시인에게 도약의 계기가 필요한 것도 사실이어서 충만한 일상으로의 복귀를 바라마지 않는다.

2025 장애인 창작집 발간지원 사업 선정 작품집

고백

1쇄 발행일 | 2025년 12월 15일

지은이 | 김운용
펴낸이 | 정화숙
펴낸곳 | 개미

출판등록 | 제313 – 2001 – 61호 1992. 2. 18
주소 | (04175) 서울시 마포구 마포대로 12, B-103호(마포동, 한신빌딩)
전화 | (02)704 – 2546
팩스 | (02)714 – 2365
E-mail | lily12140@hanmail.net

ⓒ 김운용, 2025
ISBN 979 – 11 – 993786 – 9 – 8 03810

값 10,000원

발행기관 | 장애인인식개선오늘 **(042)826-6042**
주최 | 장애인인식개선오늘(고유번호 305-80-25363. 대표 박재홍)
주관 | 대한민국 장애인 창작집필실
심사 | 발간지원 사업 심사위원회
후원 | 대전광역시, 대전문화재단, 갤러리예향좋은친구들, 문학마당, 한국장애인
     문화네트워크, 드림장애인인권센터, (주)맥키스컴퍼니, (주)삼진정밀

문의 | **(042)826-6042**